A E
& I

Las impuras

Autores Españoles e Iberoamericanos

Carlos Wynter Melo

Las impuras

Diseño de portada: Jorge Garnica / La Geometría Secreta
Fotografía de portada: mujer, Miss Winifred Barnes Vintage Postcard:
palmeras, Shutterstock

© 2015, Carlos Wynter Melo

Derechos reservados

© 2015, Editorial Planeta Mexicana, S.A. de C.V.
Bajo el sello editorial PLANETA M.R.
Avenida Presidente Masarik núm. 111, Piso 2
Colonia Polanco V Sección
Deleg. Miguel Hidalgo
C.P. 11560, México, D.F.
www.planetadelibros.com.mx

Primera edición: mayo de 2015
ISBN: 978-607-07-2774-0

Impreso en los talleres de Impresora y Editora Infagon, S.A. de C.V.
Escobillera número 3, colonia Paseos de Churubusco, México, D.F.
Impreso y hecho en México – *Printed and made in Mexico*

Dedicado a quien causó mis primeros asombros

Es tan corto el amor, y es tan largo el olvido.

PABLO NERUDA

1

I

A la medianoche del 31 de diciembre de 1999, perdió la memoria. Los recuerdos se fueron a la punta de su lengua y, en un descuido, cayeron al suelo y se perdieron en algún rincón.

«Cuanto más te esfuerzas en alcanzarlos —explicó—, más se pierden. No tardas en darte cuenta de que será imposible recuperarte y te das por vencida.

»Aquello que se alejó son los detalles de quién eres. Tu nombre. Dónde vives. Tus amigos cercanos. Tu padre y tu madre. La persona con quien te acuestas y los espacios seguros de tus rutinas.

»No dejas de ser tú, pero ya no reconoces lo que te rodea».

No recordaba, ni siquiera, cómo regresar a su casa. Tenía solo la ropa que llevaba puesta. Perdió la memoria y sus pertenencias. Quién sabe dónde.

Necesitaba una vida para orientarse, así fuera inventada. Sería un mapa. Nada muy complicado, pero sí verosímil. Una vida lo más cercana a la que había perdido.

II

Suelo estar en la terminal de autobuses. No hago nada allí salvo tomar notas. Escribo ocurrencias, pero no sé por qué ni para qué.

La terminal es un gran y recto pasillo que va, posiblemente, de norte a sur. Permanece junto al centro comercial más visitado del país. Su ubicación responde a un solo propósito: los viajeros pueden requerir comprar; los compradores, en ocasiones, viajan.

En el segundo nivel de la estación hay un andén al que llegan algunas rutas. En las aceras de este andén se alinean unas pocas bancas. Es en una de ellas, siempre la misma, donde me siento. Llego en la mañana y, a veces, me voy ya entrado el atardecer.

Hace más de un año que he adquirido esta costumbre. He pasado por mucho y tengo mis ideas sobre lo que está bien y lo que está mal.

La reflexión de escribir sobre lo que me rodea, por ejemplo, está bien. Me calma, me da sentido. Aunque sé que es inútil para otros, me ayuda a detener el tiempo y a tomar conciencia de quién soy.

«¡Ahhh!», exhalo largamente de cuando en cuando. Estar sola es liberador. No ir a ninguna parte, cuando todos viajan, es liberador. Tomar una decisión distinta a la que dicta el sentido común es liberador.

En la estación de autobuses, cuando se lleva tiempo observando, las personas dejan de ser personas. Es su marcha interminable.

Pero aparecen sorpresas. Una buena canción que se escapa de algún *iPod,* una que se comparta poco y que sea excéntrica. También un viejo bizarro que se detiene a declamar un verso lindo y extiende luego la mano para pedir plata.

Si no fuera por ello, me engancharía al rodillo sinfín de una máquina que no se detuviera.

Cuando era más joven creía con fervor en los rescates. Podía redimir a cualquiera si me esforzaba lo suficiente. Pero solo era una leona saltando hacia las alambradas del zoológico. No soy tan obvia hoy. Puedo, sí, pensar que mi vida cambiará. Pero no me lanzo de manera tan arriesgada contra los límites. Espero, observo. Analizo. Aún soy una leona, pero busco entender los dispositivos de mi cárcel antes de actuar.

Y no soy cínica: todo lo contrario. Tengo neuronas y venas demasiado delicadas como para embutirles un cinismo grueso. Digamos que saboreo las experiencias en un plano íntimo, uno que está más allá de los rostros anónimos de la multitud.

Me interesan las huellas que imprimen las miradas, una mía o de alguien más, una que logre devolverme el paraíso perdido.

Por eso, cuando ocurrió lo que ocurrió, fue como si hubiera estado llamándolo. Las bases habían sido fijadas y solo hacía falta que los albañiles comenzaran a apilar ladrillos. Eso fue ella: el montón de ladrillos.

III

Un día se sentó a mi lado. El común de la gente cree que espero a alguna persona, así que pensé haber provocado una nueva confusión. Aventuré que no tardaría en preguntarme por alguien a quien yo no conocía o sobre la salida hacia cierto lugar. (Sobra decir, porque ya lo he hecho, que yo no me iré nunca. Ni hoy ni mañana. No mientras desconozca qué hay de provechoso en irse).

—¿Qué anotas en tu libreta? ¿Por qué observas tan reconcentrada y escribes? —preguntó.

—No lo sé. Tal vez sea lo único que puedo hacer.

Me dijo que necesitaba ayuda. Le hacía falta una mentira.

—Los mentirosos —precisó— se distraen con lo que pasa alrededor suyo y después se hunden en sus cuadernos, como tú.

Le dije que tal vez yo no era la adecuada para mentirle a ella, que no sabía cuál era mi propósito en la vida ni si trascendía el simple hecho de estar ahí, en esa estación de autobuses.

—Vengo a salvarte —dijo, sonriendo—. Yo soy tu propósito. Y te requiero con urgencia.

IV

—Necesito una historia.

—¿Y sobre qué trataría?

—Sobre una mujer.

—¿Una cualquiera?

—Bueno, no. No una mujer cualquiera. Es mi historia. Necesito que inventes quién soy.

Y acarició mi mejilla con ternura, como si evocara un recuerdo íntimo.

V

—¿Tenemos un trato?

—¿Trato?

—Sí, un trato: que narres mi pasado, que escribas sobre mí.

—¿Y comienzo a escribir así, nada más?

—¿Por qué no?

—Porque necesito saber, por lo menos en mi cabeza, quién eres.

—Yo no soy nadie, niña: no tengo recuerdos.

—A ver, calculo que naciste en 1940. Tienes alrededor de sesenta años.

—¿Eso crees?

—Sí, eso creo.

—Entonces, es verdad. Nací en 1940 y tengo sesenta años.

VI

Te llamas Medea, Rodas o Apostólica. Pero, por ahora, por favor, déjame llamarte Medea.

Al perder la memoria no sentiste que faltara algo, sino alguien. Alguien había dejado de susurrarte al oído. Ya no podías verlo. Su silueta se achicó y terminó por marcharse.

¿Quién se fue? La niña que nació en los inicios de los cuarenta, una niña impura y manchada con un apellido que no era el suyo (solo alguien impuro se olvidaría a sí mismo y luego pediría una mentira para recordarse, ¿cierto?). Debió de vivir en una casa coronada de tejas, blanca y silenciosa. Fue una niña impura, impura frente a la pureza.

VII

Arnulfo Arias fue enjuiciado cuando tenías once años. Fue un juicio político por derogar la Constitución de 1946 y disolver los otros poderes del Estado. Su Constitución de 1941 fue la que causó tu cambio de nombre.

El líder se había empecinado en vaciar un recipiente lleno. Leía con atención un libro, *La expedición de la Kon-Tiki*, relato sobre cómo, utilizando las corrientes marinas, los habitantes de la Sudamérica precolombina pudieron atravesar el océano Pacífico. Solo leía ese libro y no escuchaba las acusaciones. Solo leía *La expedición de la Kon-Tiki*.

Arias copiaba el nacionalismo europeo: se miraba en un espejo inmaculado.

VIII

En 1940, Jörg Lanz von Liebenfels desapareció entre la humareda de la Segunda Guerra Mundial. Sus ideas, sin embargo, seguían presentes en la mente de los nacionalistas.

Jörg estuvo, muchos años antes, recluido en un claustro religioso. Allí comenzó a escribir sobre el mestizaje y la sexualidad. Lo hacía porque le inquietaba su propia sexualidad. Y es que, al momento de su nacimiento (el de Jörg, no el tuyo, Medea) las ideas de Mendel proliferaron.

Mendel había experimentado durante ocho años, tres décadas antes de que arribara el siglo XX y cuatro más antes de tu nacimiento (ahora el tuyo, Medea), con guisantes híbridos. Y, después, Hitler recurrió al acervo de información de Jörg, registrado en la revista *Osterer*, para seguir incendiando los frentes europeos.

IX

Con el acto de leer el libro sobre la *Kon-Tiki,* Arias daba un mensaje. El noruego Thor Heyerdahl, etnólogo, estaba convencido de que había similitudes entre algunas culturas separadas por el océano Pacífico y que se debían a viajes emprendidos desde Sudamérica cientos de años atrás. Thor quiso reproducir los viajes con una embarcación que fuera como las de la época. El nombre de su embarcación sumaba dos tradiciones: Kon Ticci Viracocha, deidad solar legendaria de los indígenas del lago Titicaca, y Tiki, nombre que la mitología polinesia daba al hijo del Sol. La vela llevaba pintada la cabeza del Rey Sol de acuerdo con las pinturas de las ruinas de la ciudad de Tiahuanaco.

Arias quiso igualar lo que le rodeaba. Llaneza. Reglas claras. Orden. Control. Panamá para los panameños. Pero intentaba simplificar lo que es imposible simplificar. Por eso tu apellido es tu primera pérdida de memoria. De «Frank» pasaste a ser «Franco».

La palabra *llegar*. Yo llegué, tú llegaste, nosotros llegamos. Arias creía que los recuerdos solo existían si los tomábamos en cuenta.

Yo ignoro, tú ignoras, ellos ignoran. Nosotros no tomamos en cuenta.

Tú tenías once años y tus padres cambiaron su apellido por uno más panameño.

Se te fue alguien, una persona o varias. Ya no la o las escuchas, ya no recuerdas. Más que perder la memoria, lo dicho: has perdido a alguien.

No puedes ver como veías antes. Era otra quien miraba, alguien que se fue entristecida.

Te llamas Medea, Medea Franco. O así creías llamarte.

X

La Segunda Guerra Mundial.

Tu padre fue integrado a un ejército pequeño y efímero. Una cosa ridícula. Los entrenamientos se llevaban a cabo con rifles de mentira, piezas de madera. Defenderían el Canal. Unos años antes se había declarado la guerra a Alemania, la Alemania de Hitler, y se rumoró que el *Führer* había buscado infructuosamente el país en el mapa y dijo, burlón, que un mosquito le había impedido verlo.

Rifles de mentira. Tu padre colgó el suyo en la pared y lo dejó allí por muchos años. Estaba orgulloso del enfrentamiento imposible. El adorno presidía la casita que habitaban en Parque Lefevre, una casa de tejas rojizas y pocas ventanas.

Rifles de mentira para una guerra real: impotencia y candidez.

De ahí surgen tus padres. De esa tierra brotan. Pero aún no los imagino completos.

Tu padre se apellidaba Frank, por supuesto, por su origen afroantillano. Pero tú te apellidaste Franco.

Arnulfo Arias ocupó la presidencia y poco tiempo después fue depuesto. 1941. Aprovecharon que estaba en Cuba. Algunos dijeron que visitaba a una *vedette* que le fascinaba.

Y otra vez, en 1951, cuando tenías once años, volvieron a quitarlo de la silla presidencial.

XI

Al día siguiente estoy desde temprano en la terminal de autobuses. Ahora veo a los caminantes de modo distinto. Estoy en el mismo lugar, pero mi mente ha viajado.

La búsqueda del Vellocino de Oro, Medea. Pero, ¿quién es tu Jasón? ¿Quiénes los argonautas? ¿Quiénes sus aliados? ¿Cuáles las pruebas y los enemigos?

Llegaste pocos minutos después de mí. Un día antes me habías dicho que estabas hospedada en un hotel cercano. Me paré de la banca para recibirte. Te dio tanto gusto verme que me abrazaste con fuerza. Pegaste tus labios a la comisura de mi boca y un gesto inocente apareció después en tu semblante; por lo menos, eso creí. Yo era tu única amiga en el universo, un universo reducido por la falta de recuerdos.

Ese día inventaríamos varios años de tu infancia; así lo había planeado. Ya traía unas pocas páginas de lo que logramos hilar un día antes. Te extendí el legajo. Lo tomaste y te inclinaste sobre él. Tus ojos brillaban mientras leías.

—¿Recuerdas? —pregunté.

—No. En realidad, no recuerdo nada.

XII

El año 1940 fue convulso. Mientras Hitler incendiaba Europa en nombre de la pureza racial, al otro lado del planeta se cultivaba la impureza racial. Llevar la sangre a las últimas consecuencias. Lo panameño estaba cercado, confundido.

Arnulfo Arias estuvo en contacto con las ideas nacionalistas europeas entre el 36 y el 39, y regresó convencido de conocer el modo de encarrilar el país.

Supiste de Roque Javier Laurenza. Y de Rogelio Sinán. Escuchabas comentarios sobre ellos en las *boîtes*, en las cafeterías de Santa Ana, después de la escuela. Escribías poemas en los rincones del liceo o en tu casa. Eras muy distraída y tu madre te regañaba constantemente.

XIII

Tenías una vecina que se llamaba Hercilia. Era una chomba clara y hasta pecosa. De las que, en la provincia de Colón, llaman «coloradas».

Entraste a su cuarto porque había prometido jugar contigo a las muñecas. Las puertas de la casa estaban abiertas.

A la media luz del cuarto descubriste cuerpos desnudos. Eran dos: uno era el de Hercilia y el otro era el de un hombre. Tenías siete años.

Te quedaste quieta, no respirabas. No sabías lo que estaba sucediendo. Te pareció un juego, una lucha en la que se escondían y se buscaban bajo la sábana. Viste fugazmente el pene del hombre y te pareció un animal o una fruta.

—¿Qué están haciendo? —preguntaste.

Los cuerpos se estremecieron. Hercilia te miró. Nunca antes habías visto al hombre.

—Hola, corazón. ¿Qué haces aquí?

—Quiero que juguemos a las muñecas. ¿Recuerdas que te lo pedí?

—Claro, cielo, pero ahora estoy con el señor, ayudándolo.

—¿Qué hacen?

Hercilia lo pensó un segundo.

—Buscamos algo que se le perdió entre las sábanas.

—¿Desnudos?

Hercilia no tardó en ripostar:

—Es que puede haberse enredado en la ropa y por eso nos la quitamos.

—Quiero ayudarles —dijiste y, sin que nadie pudiera detenerte, te subiste a la cama.

—¡No, cielo! —dijo Hercilia, pero era tarde: ya estabas sobre ellos.

—¿Qué buscan?

Era la primera vez que Hercilia estaba desnuda frente a ti. Te pareció que los pezones no eran de su cuerpo, que eran pequeñas estrellas de mar. Y te fijaste en el abundante vello púbico, al que esperabas encontrarle ojos o boca.

—Buscamos un gato pequeño; una mascota que el señor trajo de un lugar lejano, niña. Lo trajo de París.

Hercilia estuvo a punto de reírse de su propia ocurrencia. Fue como si alguien más la hubiera dicho (el ingenio fue un dios en su garganta). El desconocido también escondió la risa. Tú los miraste suspicazmente.

—Si es un gato pequeño, podría estar en cualquier parte. Si es muy pequeño, podría haberse metido aquí.

Y enredaste tu mano en los rizos púbicos de Hercilia.

—¡Niña, quita la mano!

—Ya buscamos ahí y no encontramos nada —dijo, burlón, el desconocido.

—Busca debajo de la cama, corazón —indicó Hercilia, aún agitada.

Solo entonces te bajaste al piso y, un minuto después, cuando ellos te aseguraron que podían ocuparse solos del problema, saliste de la habitación.

Hoy sigue fascinándote que un gato pequeño y exótico, venido de París, pueda hallar escondite en el pubis de las mujeres.

XIV

Creciste. Llegaste a los doce. Estudiabas en el Instituto Nacional.

En el instituto comenzaste a leer a escritores franceses. Descubriste a Verlaine, Rimbaud y Baudelaire. Exacerbaron tu curiosidad. Solo hacía falta una gota para derramar el vaso, una idea para transformarte.

—No somos puros —dijo una condiscípula pocos meses mayor que tú. Y agregó: —No existe nada puro, Medea. Nos definimos por vagancia. Nos ponemos nombres por pereza. Y por miedo. Nos da terror caer en nuestras profundidades. Rimbaud llegó hasta el fondo y mira lo que escribió. Cuando aceptamos nuestra impureza, podemos serlo todo.

Luego se acercó a ti y dijo:

—No seas miedosa, Medea. Bésame.

Y la besaste. Te metiste en su cama. Fue la primera vez que llegaste tarde a tu casa en Parque Lefevre.

XV

—¿Ahora recuerdas?

—¿Que si recuerdo? No, no recuerdo nada (ya te he dicho que no recuerdo nada). Recuerdo como si no recordara. Recuerdo el vacío. Creo recordar, pero invento. La memoria es una libélula y no puedo atraparla. Allá va la libélula, mírala. Me esfuerzo, pero no depende de mí. Los recuerdos tienen vida propia. Sigue mintiendo, por favor.

XVI

Tu madre se llamaba Libertad América Vergara de Franco. O Libertad América Vergara de Frank.

Tu madre era silenciosa.

Tu madre, la maestra Libertad América Vergara, quedó embarazada de ti en 1939, el mismo año en que se graduó de la Escuela Vocacional de Santiago. Nadie podía creer que se había enredado con un chombo. Admirablemente, su familia aceptó a tu padre aunque nunca dejó de hacer comentarios sobre él.

Tu padre siempre fue muy sensible ante el malestar ajeno. Tu padre nunca quiso hacer daño. Comprendía a los demás aunque ellos, a veces, no lo comprendieran a él.

Tu madre solía decir que veía el futuro, para provocarte ansiedad, te parecía. Y más de una vez acertó. La creías una fuerza sobrehumana, como el diablo o la Tulivieja. Era la niebla que oscurece los terrenos baldíos y se va serpenteando por las calles.

Por eso, cuando besaste a aquella chica, te sentiste descubierta de antemano. Sentías que llevabas el pecado en el rostro. Eras impura. Los puros son perfectos, y tú demasiado imperfecta. ¿Cómo podías esconder tu impureza, tu imperfección?

Si nadie te conocía realmente, nadie sabría lo imperfecta que eras. Te esconderías hasta de tu madre. Eso decidiste.

Entraste a la casa con disfraz:

—Me quedé a estudiar para el próximo examen. Por eso llegué a esta hora.

Te regañaron, pero no fue nada del otro mundo. Decidiste nunca más fijarte en otra mujer. Deseaste olvidar quién eras.

Retoñaste en el Instituto Nacional. Fue en el Instituto Nacional donde conociste la filosofía marxista, gracias a algunos compañeros. Allí aprendiste sobre el profesor Harmodio Silvera, quien tanto significó para los Longóripos. Aún te parece verlo con sombrero y corbata de gatito impecables.

Y en un armario esquinado del instituto perdiste la virginidad. Rodrigo y tú: compañeros de juego, más que enamorados.

Creciste frondosa entre los compañeros de escuela. Enredadera entre los hombres robustos. Así debía ser.

Con calmado hábito, tu padre acudió todos los días a su trabajo, a supervisar su negocito de carpintería. Se iba puntualmente y regresaba de igual modo.

Firme, invariable. Cruel hábito el de tu padre. Un surco en la piel. Día tras día.

Hasta que llamaron a la casa, muy de noche. Tu madre contestó el teléfono: «¿Qué pasó?». Y le dijeron algo, algo que nadie más escuchó. Y tu madre no dijo nada.

Segundos después, colgó el teléfono. Silencio.

Tu padre no volvió nunca.

XVII

—¿Y qué tal ahora? ¿Recuerdas?
　　—No, no, mil veces no. Es difícil.
　　—No puedo seguir así por siempre.
　　—Sigue lo más que puedas. Te lo pido.

XVIII

Rodrigo estaba loco, muy loco. Casi no pudiste creer lo que le dijo al profesor Rivadeneira, uno de los más ancianos del instituto. Y eso que era un estudiante a punto de graduarse, por Dios.

El profesor les preguntaba qué deseaban estudiar en la universidad y todos le dieron respuestas muy responsables, bien pensadas.

Pero Rodrigo salió con aquella barbaridad: que él iba a ser *sonero*. Casi se cayeron de la risa. «Que yo quiero ser *sonero* —dijo el otro—, tocar las tumbadoras, cantar frente a multitudes».

El profesor se lo quedó mirando, lo dejó de mirar, lo volvió a mirar.

—¿Que quieres ser qué?

—*Sonero*, profesor.

—¿Y por qué desea ser *sonero?*

—¿Por qué? —preguntó, sorprendido—. ¿No cree que es magnífico pararse frente a una multitud, con la música latiendo entre las ingles?

Algunos de los estudiantes rieron; otros miraron al profesor.

—¡¿Dijo que entre las qué?! —El profesor tenía una expresión que se tambaleaba entre la risa y la sorpresa.

—Entre las ingles, profesor. Entre las inglesitas, que van tanto a estos conciertos. Europa está a punto de contagiarse de pura música *latina*.

—Ya veo. Así que la música late entre las inglesitas. Interesante. ¿Por qué más desea ser *sonero*? Dígame.

—Debo ser sincero con usted, profesor. La razón principal es la marihuana.

Comenzaron a reírse, a reírse en serio, pero no continuaron porque el profesor no se rio.

—¿Qué dijo? —Todos sabían que el profesor tenía un problema auditivo y Rodrigo, evidentemente, abusaba.

—Mari Juana, profesor, Mari Juana. Mi novia. Ella ha tenido, desde siempre, ganas de que yo me convierta en un profesional de la música.

—Ya veo, Rodrigo. Me parece muy interesante ese deseo de su novia. Quisiera que me saludara a Mari Juana, su novia. Y para que lo haga de una vez, debo pedirle que abandone el salón.

Rodrigo, con una sonrisa pícara en el rostro, se paró y salió del aula.

XIX

El profesor Harmodio Silvera fue una vez a la clase con traje de tres piezas. El sombrero y la corbata de gatito, bien, normal, pero el traje de tres piezas, con el clima de siempre, no tenía sentido. Por lo menos, no un sentido práctico.

Lo interpretaste como un sacrificio autoimpuesto. Y no era la primera vez que se sometía a un suplicio. Aunque era relativamente joven, no bromeaba. Fuera de la escuela no relajaba su actitud. Se tomaba demasiado en serio el papel de maestro. Era un santón.

Pero también un buen docente. Los alumnos lo admiraban.

Siempre creíste que había maestros que se las daban de importantes y que otros se abandonaban a la irresponsabilidad. El alumno se da cuenta y no respeta ni a uno ni a otro. Por lo menos, eso te parecía. Tú confiabas en los profesores incólumes, serenos. Y Harmodio Silvera era así.

Les habló de Roque Javier Laurenza. Lo llamó «lombriz». Describió un gran terreno húmedo, poroso por los caracoleos de los ofidios. Y luego titubeó como si calculara cuánto debía compartir o midiera si estaban listos. Los miró poco a poco, uno a uno. Y finalmente habló del inicio de la República y de los tratados del Canal.

No sabes si alguien entendió lo de Laurenza. O si tú lo entendiste correctamente. Lo que te pareció entender fue genial. Si alguna vez estuviste confundida sobre el propósito de la vida, tus dudas se despejaron en ese momento. Debió de notarse en tu cara porque Tito te miró de manera cómplice. En ese momento nacieron los Longóripos.

XX

Los Longóripos se reunieron por primera vez en casa
de Tito. Comenzaron a hacerlo todos los lunes en
la tarde, después del instituto. Unas veces a las cuatro y otras a las cinco. La casa quedaba en el Camino
Real de Bethania, delante de la cancha de fútbol del
gimnasio.

Pero no se reunían en el interior de la casa sino en
un cuarto externo, sembrado en medio del patio. Era
un cuarto misterioso y encantador. A esa hora, el Yu-
yín Luzcando estaba desierto y los padres de Tito se
encontraban trabajando. No era posible permanecer
indiferente ante semejante silencio. Una enredadera
de espinaca cubría la malla que separaba el patio de la
calle y los escondía.

La caseta —porque era una caseta, en realidad—
estaba destinada a ser el cuarto de la empleada do-
méstica, pero nunca lo fue. Las veces que tuvieron
empleada, la alojaron dentro de la casa principal. De

modo que siempre se vio esta habitación como un depósito. De hecho, las reuniones las llevaron a cabo rodeados de burros para planchar, escobas, trapeadores, ropa vieja y botellas vacías o con desinfectantes.

Se sentaban en medio de la habitación Tito, la Sombra, el Tomate, Rodrigo, la Luciérnaga y tú, mirándose unos a otros. Entre la construcción y el muro de la propiedad vecina había un pasillo estrechísimo donde el Tomate no cabía. Saber que aquel espacio estaba ahí, vacío, asustaba.

Acordaron compartir libros extraños y convertirse en verdaderos Longóripos.

La Luciérnaga llevó cuentos de Roberto Arlt, un argentino al que le patinaba el coco.

Tú llevaste un ejemplar gastado, pero muy querido, de Oro Galindo, el único escritor surrealista del país.

Un Longóripo era una mezcla de lombriz y centauro. Así lo definieron.

XXI

Un día se pusieron de acuerdo y, en cuanto sonó el timbre del fin de la clase, Tito, el Tomate, Rodrigo, la Sombra, la Luciérnaga y tú rodearon al profesor Harmodio.

Silencio. Nadie se atrevió a hacer las preguntas que tanto habían acariciado. El profesor los miraba expectante y nada. Fue confuso. Finalmente, tú te atreviste a hablar:

—Profesor, ¿a qué se refería con que Roque Javier Laurenza es una lombriz?

Por supuesto que sabías por qué había comparado a Roque Javier Laurenza con una lombriz. Estúpida no eres. Lo que deseabas era que les hablara más sobre Roque Javier Laurenza. Para los Longóripos se había vuelto un asunto importante. Sin embargo, el Tomate quiso lucirse con poco esfuerzo y a tus costillas.

—¿No le entendiste? —dijo—. Más claro ni el agua.

Ahora que habías dado el primer paso, el Tomate se sentía muy valiente.

—Claro que lo entendí —repusiste, ofendida—. Pero quiero que el profesor nos hable más sobre lo que piensa del tema.

Harmodio Silvera sonrió.

—La insistencia de Laurenza debilitó el suelo.

Silencio. El Tomate, calladito.

Y entonces preguntaste, para probar el aplomo del profesor, si no era más valiente salir a la superficie.

—Y ciertamente lo hizo —dijo él—, pero los cambios verdaderos no ocurren en la superficie.

XXII

Rodrigo quería ser *sonero*. Pero, más que *sonero*, quería ser él mismo.

Tú eras más valiente cuando estabas con Rodrigo, cuando eran novios y se enfrentaban a la autoridad, a los profesores.

No le temían a nada.

Miraban más lejos.

No callaban.

No perdían, aunque perdieran.

No dejaban de hacer lo que querían hacer porque no había dolor que quisieran evitar.

¿Qué diría Rodrigo si te viera ahora, en la casa acogedora del olvido?

Sal de ahí, Medea.

¿Qué habrían dicho los Longóripos?

Sal, mujer.

Estás triste. Eso es todo. Pero pasará.

XXIII

—¿Te atreverías a pensar en música, música de Tito Rodríguez, por ejemplo?

—¿Por qué de él?

—Por la época. Tienes ahora veinte años y estás en los sesenta, la mejor época de Tito Rodríguez.

—Sí, ya lo escucho. Su voz. Mi madre lo escuchaba. (Creo recordarlo).

—¿Discos de acetato, tornamesa?

A mí me pasa lo mismo que a usted.
Nadie me espera, lo mismo que a usted.
Paso la noche llorando.
Paso la noche esperando,
lo mismo que usted.

—¿Te parece bien?

—Sigue.

Cuando yo llego a mi casa
y abro la puerta,
me espera el silencio.
Silencio de besos.
Silencio de todo.
Me siento tan solo.
Lo mismo que usted.

XXIV

No pude ir a la estación al día siguiente. Mi madre me pidió que la llevara a visitar a una amiga suya de la juventud que pasaba unos días en el país, después de radicar fuera durante muchos años.

Llevé a ambas a encontrarse con una tía que estaba de duelo. Se le había muerto su hijo mayor, quien sufrió un derrame cerebral y falleció tras una semana de agonía. No era difícil de explicar: un día sufrió el derrame cerebral y una semana después lo habían declarado muerto. Extrañamente, no me impactó. Aunque habíamos sido cercanos. Hacía solo un mes que me lo había encontrado en un supermercado. En esa ocasión me dijo que las nalgas me habían crecido. Era un majadero.

Al principio, justo después del derrame, se creyó que moriría en pocas horas. Cuando esto no ocurrió, se llenaron de esperanzas. La madre creyó hasta el último momento que despertaría. Pero, para el quinto día, solo lo mantenían respirando las máquinas del hospital. Ya para el séptimo tuvieron que aceptar que no había nada que hacer. Mi tía autorizó que desconectaran los aparatos.

Ahora me encontraba entre un séquito de ancianas.

—Está en un lugar mejor —dijo mi madre.

—Debe de estar armando una fiesta en el cielo; así era él —dijo la amiga.

—Ay, oye —se quejó su madre—, con lo cariñoso que era mi hijo mayor.

—Queda recordarlo, tía. Tal como era. Para que esté vivo en el recuerdo —agregué yo.

XXV

Alguien del séquito me dijo, con sincera compasión, que soy muy sensible. Le pareció que yo estaba ahí por congoja, no por un compromiso con mi madre. Fue una tía a quien no conozco mucho. O sea, que era apenas una conocida, no una amiga; una familiar a la que veía poco.

E insistió: «Eres demasiado sensible para *esto*». Y no sé si se refería con *esto* al velorio, al duelo. Apenas reaccioné por aquello que podía verse como un insulto: ser sensible. No me sobresaltó porque, número uno, ya me he hecho a la idea de que lo soy. Y, número dos, porque tras largas reflexiones, he comprendido que la sensibilidad es un talento difícil de conservar, un mérito.

La poseen los *pelaos* muy pequeños, pero se va cubriendo con arrugas de cinismo. Todos acabamos siendo más o menos cínicos. Y todos acabamos estando más o menos inválidos. Y después la gente, como esa tía, se cree muy fuerte porque recorre la realidad sin pestañear y no se da cuenta de que consigue hacerlo no porque sea fuerte, sino porque no puede sentir nada.

A mí déjame con mi sensibilidad, aunque ande dando tumbos como una boxeadora a punto de caer.

XXVI

Mi madre impidió que me volviera cínica. No sé cómo lo hace, pero siempre sonríe. Tiene como regla hacer amigos. Y es honesta en esto. Para ella, mientras más gente tenga confianza en ti, mejor te irá en la vida. Aunque parezca un asunto moral, es pragmático.

Pero no he podido ser como ella. Vive en un mundo ilusorio y yo no soy tan ingenua.

Me permitió permanecer en el jardín del Edén, eso sí.

Sabe acoger a la naturaleza completita, sin hacer diferencias.

Supero el dolor, aunque soy sensible. De algún modo, lo hago. No con cinismo ni como gallinita ciega. No me ilusiono con que el mundo es lo que no es. ¿Qué hago? Acepto que no soy nada. El cinismo te dice que el mundo se equivoca; mi madre, que nadie se equivoca. Yo soy un espectro.

XXVII

Al día siguiente, ya en la estación y con Medea, una persona se acercó a nosotras. Era una memoria perdida. Me di cuenta. La memoria perdida nos obsequió una sonrisa.

—Cristiana —dijo—, ¿cómo estás, niña?

Medea (Cristiana) al principio no reaccionó.

—¿Vas a ver a la cieguita, como dijiste por teléfono?

—Claro. Voy a verla —contestó Medea (Cristiana), esta vez sin tardar.

La memoria me miró y a Cristiana (Medea) no le quedó más remedio que presentarnos:

—Esta es mi amiga. Y una inventora. Mi amiga inventora.

La mujer sacudió la cabeza. No entendió pero no se detuvo.

—No dejes de visitar a la cieguita, Cristiana. Esa mujer te quiere mucho y me han dicho que no está bien de salud. No nos vaya a sorprender. Yo voy a pasar. Tal vez nos encontremos.

—Sí, claro.

—¡Ah! Y a Gustavo le encantó tu saludo. Ese hombre sí te quiere. Le dije que lo extrañabas y faltó poco para que saltara de alegría.

Volvió a mirarnos, esta vez con detenimiento.

—Hasta pronto.

Comenzó a alejarse, a la vez que advertía:

—No dejes de visitar a la cieguita, oye, por favor. Bethania, casa número 23.

Y se perdió entre las personas que transitaban por la terminal.

2

I

La cieguita vivía en el hueco de un árbol, o eso parecía. Su casa era como la madriguera de una zarigüeya. Se entraba como descendiendo, aunque el portal estaba a la altura de la calle y era seguido por un pasillo nivelado. Hacía esquina con la avenida principal de Bethania y una calle residencial pequeña. Salvo una enfermera, no había nadie para recibirnos.

Subimos tres escalones y nos internamos en una oscuridad que parecía nubosa. Las paredes estaban mal pintadas o francamente descascarilladas. Al fondo había una habitación sin puertas.

La cieguita estaba en una silla mecedora y vestía una bata floreada y sin mangas. Cuando impulsaba la mecedora, se escuchaba el escobillar de sus pantuflas. No habíamos hecho ningún ruido y, sin embargo, despertó de su modorra y nos saludó:

—Cristiana, hasta que te dignaste a venir. Yo pensé que ya no me querías. ¿Ya no me quieres, mujer?

—Cómo no te voy a querer, niña. Lo que pasa es que he estado muy ocupada.

—Pero siéntate.

Y señaló una silla plástica y blanca que estaba a su lado derecho.

—He venido con una amiga. La conocí en la estación de autobuses. Me llamó la atención que siempre estuviera allí.

—Que tome una de las sillas y la acerque.

Eso hice. Quedé al lado de Cristiana, frente a la cieguita.

—Oye, mi amor, tengo que contarte algo.

—Cuenta, cuenta. De cuándo a acá pides permiso.

—No es que haya estado ocupada, sino que perdí la memoria.

II

—No es mentira. Mi amiga, la inventora, ha estado ayudándome a recuperarla. Pero yo estoy dura como una piedra. Sé que me llamo Cristiana de pura suerte, porque alguien me reconoció en la estación. Pero, si no es por eso, hubiera seguido dando tumbos, sin avanzar nada.

—Oye, ¿me estás vacilando?

—No, corazón, qué va.

—Bueno, ¿y qué sabes?

—Nada, nada de nada.

—Sabes lo que inventé —dije yo—. Puedes comenzar con eso.

—Ajá. Podemos comenzar por ahí.

Mientras Cristiana hablaba, la cieguita le tomó la mano entre las suyas.

III

—Pues no estás muy perdida, corazón —dijo la ciega—. No te apellidas Franco sino Martín, que para los efectos es la misma vaina. Tu padre murió, sí. No en el mismo año que ella dice, pero sí que se murió. Ya sabrás cómo. Y tu madre era igualita a lo que dijiste, igualita, pero no se llamaba así. Y tuviste un novio que era como el Rodrigo ese, pero tenía por nombre Rubencito, o le decíamos Rubencito. Una lástima lo que le pasó después.

—Óigame, pero es que esta inventora mía es lo máximo. No falló en nada.

Sonreí apretando la boca para evitar que mi vanidad se asomara.

—Pero es que no es nada del otro mundo —dijo la cieguita—, ¿verdad que no? —agregó, dirigiéndose a mí—. Yo porque no tengo vista, pero alguien perspicaz te ve trigueña y se da cuenta de que tu papá es negro y tu mamá interiorana. No lo conviertas en la gran cosa.

—No es que lo convierta en la gran cosa, pero hay que reconocer que la muchacha se lució.

—Cómo no. Pero hasta ahí.

—Y, bueno, niña, ¿qué le pasó a mi papá? ¿Y a Rodrigo? Cuéntalo de una vez. Cuéntame.

—Nada de Rodrigo. Se llamaba Rubencito.

—Es igual: ¿qué le pasó a Rubencito?

—Bien. Ahora voy yo. Y esto no es invento.

IV

Al inicio del año escolar, en 1958, se dieron muchas denuncias sobre el mal estado de los colegios. Y es que estaban muy mal. Y la Guardia Nacional, junto con el Gobierno, dio la orden de que las denuncias fueran retiradas de los medios de comunicación. ¿Y tú qué crees que provocó eso? Pues sí, que se convocara a una marcha en todo el país de padres de familia, estudiantes y docentes. Algo inmenso. ¿Y quién crees tú que iba en esa marcha? El mismo. Rubén Estanislao Martínez: Rubencito. Y ya supondrás que no era testarudo, ¿o qué? Eso lo puso en la mira. Unos meses después había desaparecido.

V

Tu padre murió en 1964; no eras tan niña cuando ocurrió. El 9 de enero de 1964, para ser exacta. Los estudiantes querían que la bandera nacional ondeara en la Zona del Canal y los estudiantes *zoneítas* no. Ninguna parte iba a ceder. Y ahora podrías preguntarme: ¿qué carajos hacía mi viejo sembrando banderas? Pero es que él no estaba sembrando banderas.

Él era muy bonachón. Demasiado. Y rayaba en lo *ahuevao*; disculpa que te lo diga así pero es la verdad. Aquella tarde venía de su negocito, que no estaba lejos de la Cuatro de Julio, que ahora llaman Avenida Nacional o Avenida de los Mártires, y quedó atrapado en el intercambio de fuego. Él ni sabía. Y capaz que habría salido ileso si se hubiera refugiado en una casa y esperado a que se calmara la tormenta. Pero no, porque tu padre era como era. Tu padre era bueno. De modo que se puso a ayudar a los heridos, muchachos apenas, y estaba en eso cuando un relámpago se lo jodió, pero no era un relámpago sino el disparo de una carabina.

VI

Volvieron a derrocar a Arnulfo en el 68, pero ahora lo tenía bien merecido. Por malcriado. Resulta que la Guardia Nacional le había ofrecido un desfile en su honor y el otro se escabulló por la Avenida B. Siempre fue muy prepotente el Arnulfo. Si le sumas eso a sus promesas incumplidas y lo del 9 de enero, no se necesitaba ser adivino para saber qué iba a ocurrir.

Había prometido a los militares que no iba a tocarlos. Y lo primero que ordenó, ya siendo presidente, fue que enviaran a Torrijos de enlace a Centroamérica.

En guerra avisada se supone que no muere nadie.

VII

—Yo siempre he pensado que, donde existen corrientes de agua, tiene que haber un dique. No hay de otra. El problema es que a veces el agua es muy necia y el dique también. No cede la una y el otro no se amolda. Entonces, bueno, o el dique se rompe o el agua acaba estancada.

»Imagínate la impureza que hay aquí. Incontenible, niña, incontenible de verdad. Desde los esclavos que llegaron con los españoles, los mismos españoles, la gringada del ferrocarril con obreros antillanos, chinos y europeos, hasta los trabajadores del Canal. Imagínate ese oleaje chocando contra la endogamia. No, niña, eso no hay quien lo soporte. Se rompen los unos a los otros. Se rompe la pureza. Se acaba la pureza».

—Lo puro no existe —digo y se queda mirándome.

—¿Así que lo puro no existe? Qué curioso. ¿Sabes que eso lo decía Torrijos? Casi igual. Debes haberlo

oído de él. Hasta invitaba a que se viera la tabla perió-
dica. Él decía: «No existe nada puro. A los puros, se
los fuman».

VIII

Entonces la cieguita le pidió a Cristiana que la ayudara con un menjurje para sus pies.

Primero, tenía que buscar a la enfermera y pedirle que calentara un litro de agua. Los recipientes los encontrarían en el mueble principal de la cocina, el de madera. Los ingredientes, si alguno faltaba, había que ir a comprarlos.

Mientras el líquido iba calentándose en la cacerola, había que echar en ella diferentes sales medicinales. Era necesario que lo hicieran dos personas. Una debía soltar los medicamentos y la otra revolver el agua sin detenerse. Esto debía llevarse a cabo hasta que el caldo hirviera.

Después tenían que echar el líquido en una palangana, la enfermera sabría cuál, completar su medida con agua de la pluma y traerla con cuidado para que no se perdiera ni una gota.

—Es para que se me deshinchen los pies —dijo con

voz melosa, y agregó: —No va a llevarte más de media hora. Mientras tanto, yo me quedo con la inventora. Te van a picar las orejas porque vamos a hablar de ti.

IX

Cuando nos quedamos solas, comenzó a tutearme.

—No reconocí la presencia de Cristiana al principio; te reconocí primero a ti: hueles a té de manzanilla. Muy fuerte. Yo no fallo con esas cosas. Distingo los olores personales al vuelo.

»¿No te has dado cuenta? A Cristiana le gustas. Mucho. Estoy segura. ¿O crees que iba a acercarse a cualquiera, en una estación de autobuses, nada más que por pura suerte? Oye, ¡y después de haber perdido la memoria!

»Juega a la pitonisa si quieres, pero date cuenta de que ella está buscando algo más. Eso sí, si no vas a quererla, no te burles. Si Cristiana no recuerda nada es porque la han engañado bastante».

X

Mira, voy a contarte la historia de todas las mujeres. O sea, voy a contarte tu historia. Por ella se nos complica tanto amar, a veces. Lo tengo clarito. Voy a decírtela. Y eso que yo no soy adivina ni quiromántica ni nada. Yo estoy ciega.

A una le gusta gustar. Más que otra cosa en el mundo. Te dicen que eres linda y haces hasta lo imposible para que esa opinión no cambie. Nadie te ha convencido aún de que las ilusiones son pendientes resbalosas. Y si la persona es demasiado alta, no puedes menos que erguirte, buscar su altura por todos los medios, así sea lastimándote a ti misma.

Dieciséis años y te dicen que eres linda, que eres la mejor. Y tú sonríes. Y él te acaricia la cara, cosa que no te alerta. Y te da un besito en la mejilla, nada raro. Y te abraza y te libera y vuelve a abrazarte. Y te mira en cuanto se separan como si fueras algo valioso, algo que mereciera ser visto a distancia, apreciado a distancia. Y luego te abraza de nuevo y eso te parece inofensivo.

Pero, una tarde, llega un ser mágico, alguien que se parece a él pero que no es él. Se desnuda y descubre un cuerpo nervudo y azul, de duendecillo, y te lleva a una habitación. Y te dice:

—¿Quieres jugar conmigo?

Y tú le preguntas, sin atreverte a defraudarlo:

—¿A qué?

—A que nos metemos en el mundo, porque hasta el momento hemos estado en los bordes del mundo, sin ser personas de verdad. ¿Quieres meterte en el mundo?

—No sé.

Y entonces él introduce su mano en tu pantalón y te das cuenta de que eso te empuja al mundo, que el rotar del planeta te sacude y que su traslación, oye, te orilla hasta el borde de la cama, hasta un rincón de blancas paredes, hasta un precipicio que no habías visto antes y que parece infinito.

Por un tiempo, es amor. Claro que es amor: el duendecillo es maravilloso y te trata bien. Si en algún momento te duele lo que ocurre, no es él. Él es bueno. La mala eres, en todo caso, tú. O esta es una historia sin malos o malas. Estar en el mundo, simplemente, es así.

Pero, faltaba más. Te arrojaron al mundo pero aún no tomas conciencia del mundo. La inocencia te parece una ciudad interior y sigues refugiándote en ella;

no sales. Entras realmente al mundo cuando te percatas de que, si no te salvas tú, nadie lo hará.

Entras al mundo cuando sales de ti misma y no vuelves.

XI

Diecisiete años, tal vez, y hace dos que sostienes una relación amorosa con el duendecillo. Él duerme a tu lado, en alguna habitación. Y, de golpe, te das cuenta de que lo odias, no lo amas. Y eso te hace sentir mal contigo misma, inaguantablemente mal.

Para entonces has perdido cercanía con tu madre. Estás con ella lo mínimo posible. Así que no hay modo de volver a ser enteramente una hija. Volverás con ella, pero no será como antes. Evitaste hacerte cínica, o eso crees, pero dejaste de ser la que eras.

Dejas al duendecillo una mañana. Empacas, sales. ¿Dónde terminarás? No tienes manera de saberlo.

Esperas en la terminal de autobuses una señal que no llega. Tal vez no te vayas nunca, porque esa señal no proviene de lugares lejanos sino de ti misma, y tú has olvidado cómo enviarte mensajes.

XII

Yo puedo continuar la historia, cieguita, más o menos desde donde la dejaste. ¿Te la cuento? Sí hubo un duendecillo. A los dieciséis, como dijiste. Pero lo peor no llegó con él. Cuando estaba en la universidad, unos pocos años más tarde, arribó la verdadera catástrofe masculina. No es raro. Para muchos, esas fechas fueron el Apocalipsis.

Pero quiero creer que mi caso fue singular. Con la invasión militar conocí el amor, o lo más cercano al amor que he tenido.

El 20 de diciembre de 1989 dormía en la casa en la que pensé que dormiría siempre, y en las primeras horas del día me despertó una explosión en el fondo de la madrugada.

Mi única referencia de explosiones, entonces, eran los fuegos artificiales que dejan caer los niños, a modo de juego o broma, en el alcantarillado de la calle.

Recuerdo que me dejé hipnotizar por el retumbe. Una explosión. Luego otra. Varios segundos después, otra. Recuerdo que me pregunté qué estarían festejando, a quién se le habría ocurrido lanzar fuegos artificiales tan de madrugada.

La luz de algún lugar teñía mi rostro. Mi piel se volvió roja.

Luego anduve como una autómata y alcancé a llegar a la cocina. Después escuché en la radio a un ser irreal que decía «Por la patria, la vida» y otras frases por el estilo. Luego escuché en la calle una voz con acento gringo que llamaba a entregar las armas.

Más tarde crucé una ciudad que me sugirió el fin del mundo y me formé en fila para comprar alimentos enlatados en el depósito de una tienda de abarrotes.

Y atestigüé saqueos impresionantes, en los que las personas parecían animales furiosos y hambrientos.

Y luego vi todo esto por la televisión y aún no lo creí.

Y luego vi cadáveres, enormes montañas de cadáveres, y todavía me pareció una pesadilla de la que pronto iba a despertar.

XIII

Era el 21 de diciembre y hacía poco había visto el nacimiento que solían montar en Bethania, cerca de aquí;
ese que incluye un ángel enorme y una figura del Niño
Dios del tamaño de un bebé normal. A unos metros estaban las estatuas de los tres Reyes Magos: Melchor,
Gaspar y Baltasar, como esperando una señal de la estrella. Un burro estaba echado junto al niño. Un buey a su
otro lado. María y José contemplaban al recién nacido.

Y ahora estaba frente a una casa pequeña que parecía sacada de aquel nacimiento.

Toqué a la puerta. No fueron solo tres golpes y luego una espera, que es lo que habría resultado pruden-
te. Toqué y toqué y toqué.

Finalmente abrieron y dije que deseaba ver a mi
abuelo, aunque los padres de mis padres habían muerto ya. Me dieron paso.

En la entrada había apenas un descansillo con un
mostrador. Debimos ir a una oficina de puerta vidria-

da. No tenía ventanas y, por tanto, no había luz. Había polvo. La persona, una mujer con traje celeste y zapatos blancos, como de enfermera, me guio. La oficina estaba a la vuelta del pasillo.

Era un cuarto minúsculo pero con lo necesario. La persona me invitó a sentarme en una de las dos sillas que estaban frente al escritorio. Ella se acomodó en la que permanecía detrás de él. Me senté. Empuñé la 38 que llevaba en mi cartera. Pensé que si tuviera necesidad de amenazar a la enfermera, lo haría. No me quedaban otras opciones.

—¿Cuál es el nombre del señor? —preguntó.

—Mira, necesito un lugar para quedarme, cualquier lugar.

Ella asumió una postura de alerta: se echó hacia atrás en la silla ejecutiva. Pero era una mujer y podía comprenderme.

Aflojó el cuerpo, suspiró. Finalmente sonrió con dulzura y dijo:

—Tranquila, oye, yo sé que son días difíciles. Vamos a conseguirte una habitación, pero no quiero líos, ¿ah? Vas a tener que ser muy discreta. Voy a presentarte a los muchachos. Les llamamos los Reyes Magos.

Por «muchachos» se refería a tres setentones. Sus nombres eran Demetrio González, Juan Antonio Smith y Lincoln Martínez. Quién sabe por qué los apodaban así. Ya escondían a un cabo de la división Macho de Monte, llamado Julio Vergara, y a un funcionario público que pertenecía a los Codepadi, Jorge Cedeño. El grupo estaba en el ala más recóndita del ancianato. Pronto comprendí que esas serían las personas con quienes más conviviría.

Los Reyes Magos eran los anfitriones. Patrioteros hasta el tuétano. Se ofrecían para proteger a quienes estaban en apuros.

XIV

La primera vez que vi a Juan Antonio Smith, vestía un pijama a rayas celestes y cremas intercaladas y sonreía como un niño. Era negro como la noche. Hablaba deprisa y muchas veces era difícil entenderlo. Vociferaba. Tartamudeaba como matraca. Pero, en silencio, medio acostado en la oscuridad de la habitación, a pesar del tanque de oxígeno que permanecía a su lado y al que debía recurrir cada cierto tiempo, tenía la virilidad de una pantera que *aguaita*.

Demetrio, por su parte, tenía que ser grande de otro modo, hablando con dicción precisa. Su voz era su verdadera silueta. Casi no decía nada pero, cuando lo hacía, eran truenos, truenos repentinos. No se paraba tanto porque dependía de una andadera que, se notaba, le agradaba muy poco. No tenía tanto color como Juan Antonio, pero no podía decirse que fuera blanco. Era trigueño —estoy tratando de describirlos lo mejor posible para recordarlos lo mejor posible, porque siempre supe que no los tendría para siempre.

Lincoln Martínez estaba en medio de ambos, no solo porque su cama metálica separaba las de los otros, sino porque poseía un aire filosófico y sencillo. Lincoln parecía habitar otra realidad. Esto lo había causado, lo supe después, que permaneció inmóvil por un par de meses en el 82. Es impresionante lo que puede provocar el hecho de no contar con más ocupaciones que las del pensamiento. También debió de ayudar, se me ocurre, que estaba casi ciego, como tú: las cataratas pintaban sus ojos de gris.

—Estos son los Reyes Magos —dijo la enfermera, con buen talante.

—Mucho gusto, Reyes Magos.

—¿Es mi nieta? —preguntó Lincoln, irguiéndose como si quisiera ser más alto que su ceguera.

—Qué va, Lincoln —contestó la enfermera. Y luego se dirigió a mí—: No le hagas caso. Su nieta nunca ha venido.

Detrás de los Reyes Magos había dos figuras que se presentaron sin palabras: el cabo de los Machos de Monte, quien incluso llevaba la casaca de soldado medio puesta, lo que no era nada conveniente, desde mi punto de vista, y el miembro de los Codepadi. Mientras el primero escondía mal una mirada punzante, el segundo mostraba ojos vivarachos y sinceros. El Macho de Monte me pareció un lagarto presto a lanzar una dentellada.

XV

Al segundo día de estar ahí, una explosión nos tomó desprevenidos. Ocurrió muy cerca de la casa. Como si estuviéramos entrenados para esas situaciones, los internos se movieron en orden al patio. El cabo, el miembro del Codepadi y yo, no. Los fugitivos nos quedamos a un costado de un escritorio o muy cerca de los marcos de los clósets. La lógica apresurada era que los mismos lugares que ofrecían seguridad en caso de terremotos, debían hacerlo en un bombardeo.

La enfermera nos había dicho que, en algunos barrios, los delincuentes habían irrumpido en casas de familia y habían robado las viviendas y violado a las mujeres. No había ley ni orden. Por el área, Carrasquilla, se habían formado grupos vecinales que hacían guardia con escopetas, rifles de balín o de perdigones o simples bates de béisbol. Se atrincheraban entre escombros y llantas y los convirtieron en retenes desde los que detenían a los carros que se acercaban y les pedían explicaciones y credenciales.

Luego supe que mi madre, por esas mismas fechas, presenció un asesinato. Ella, que nunca tuvo los pies muy plantados en la tierra, le echó un vistazo al mismo infierno. Estaba asomada por el balcón cuando vio que un hombre corría con un mataburros para carro de doble tracción. Entonces los saqueos estaban a la orden del día. El tipo estaba calzado con chancletas y vestía un *short* y una camiseta sin mangas. De pronto, su cabeza se hizo enorme y de inmediato volvió a empequeñecerse. Cayó desvanecido. «¿Qué pasó?», se preguntó mi madre. Y, con desesperación, se giró para buscar una respuesta. En eso estaba cuando se oyó un nuevo estruendo y el cuerpo, que ya estaba en el piso, comenzó a sacudirse. Por un momento mi madre creyó que el hombre se levantaría. Fantaseó con la idea de que no había muerto de verdad y que empezaba a incorporarse, pero pronto se dio cuenta de que otro hombre, con la camisa de una agencia de seguridad puesta a medias en su torso, llevaba una escopeta encajada en su pecho y disparaba sin parar.

Era obvio que el negocio estaba a salvo y que el delincuente no robaría más. El tipo seguía disparando por curiosidad, por tedio y porque, en ese momento, no había nadie que lo detuviera.

Ese día no habíamos visto gringos por las calles. En las noches recorrían la Vía España con los rostros pintados de negro y montones de armamento. Parecían arbustos móviles. ¿Eran ellos quienes habían lanzado la granada en las inmediaciones del ancianato?

Además, algunos grupos aislados de las Fuerzas de Defensa seguían activos. Había Batallones de la Dignidad y Codepadi. Tenían morteros y atacaban posiciones de la infantería estadounidense.

Yo me había recostado en el escritorio metálico de Judith y Laura, dos ancianas que solo hablaban entre ellas y que dormían en un cuarto contiguo al de Juan Antonio, Demetrio y Lincoln. Aunque insistí en que Lincoln saliera de la casa, él se refugió a mi lado. Yo, que había empuñado mi 38 en el interior de mi cartera, casi fui sorprendida por el viejito. Alcancé a hacer a un lado el arma antes de que él la viera. De inmediato, en aquel filo de incertidumbre, sin que se lo pidiera, comenzó a hablarme de su nieta —la verdad es que me tomó un segundo saber sobre quién hablaba:

—Cuando tenía ocho años, me dijo: «A ver, abuelito, ¿tienes agallas?». «¿Lagañas?», le pregunté yo. «¡No!», dijo ella, enojada pero divertida, «¡Agallas!». «No, yo no tengo lagañas. ¿Tú sí?». Yo estaba bromeando, por supuesto. Ya más seria, me dijo con una condescendencia que me enterneció: «Abuelito, yo voy a explicártelo: una cosa son las agallas y otras las lagañas. Apréndetelo».

La anécdota me refrescó. Sonreí. Me dieron ganas de saber más sobre aquella nieta. Quién sabe cuánto habríamos hablado si la enfermera no hubiera entrado al cuarto y acabado con el hechizo.

—Falsa alarma, gente. Lo que estalló fue un transformador, el que está en el poste de la esquina. Ya pueden salir.

Me impulsé para levantarme y Lincoln se agarró de mi brazo. Creí que me pedía ayuda, pero no. Me dijo en tono de confidencia:

—¿Qué edad tienes? ¿Es la misma edad de mi nieta?

Me di cuenta de lo que estaba en juego. Como no supe contestar, solo lo jalé para que se pusiera de pie.

XVI

Según lo que he contado, el ancianato puede parecer un encanto. La verdad es que no lo era.

Los tres Reyes Magos olían a orina la mayor parte del tiempo. De lugares indefinibles llegaba un penetrante olor, ya no a orina sino a amoniaco, que es en lo que se gasifica, por supuesto, la orina.

Los primeros días me daba mucho asco sentarme en la tapa del inodoro y no se diga bañarme, pero afronté esas incomodidades con sentido del deber y pude soportarlas.

El resto de los internos me miraba, también al cabo y al Codepadi, de un modo gris. Nunca supe si nos veían como malhechores o como héroes. Salvo los Reyes Magos, nadie se acercó a mí para decirme abiertamente lo que pensaba. Éramos las noticias que las televisoras no transmitían.

El Macho de Monte no hablaba con nadie y me pareció que siempre me observaba con recelo. Agachaba la mirada cuando por fin se decidía a reconocer a una persona. La mayoría del tiempo miraba por la ventana, como si hiciera guardia. Comencé a tenerle miedo. Lo vi ocultar su Uzi entre las ropas de su catre. Podía imaginarme muchas cosas sobre él.

El miembro de los Codepadi era otra historia: no me despertaba el más mínimo temor. Resultaba en extremo amable y se había convertido en asistente estrella de la enfermera. En la cocina ayudaba al acomodo de los sacos de papas, cebollas, naranjas o cualquier otro bulto pesado. Junto con otra enfermera, Ana, cerraba las bolsas de basura. Y, a veces, hasta lavaba los platos o trapeaba. Con la otra auxiliar, Julia, apuraba a los demás para que ordenaran en lo posible sus habitaciones. Ninguna de estas auxiliares había dejado completamente el hogar de ancianos.

La casa no era un espacio difícil de entender. Después de rebasada el área del umbral, donde había una mesa de recepción y un sofá desteñido, se pasaba a cuartos que se enfrentaban en hileras. El primero a la izquierda era la oficina. El resto eran habitaciones para los pacientes. A un costado del sofá de la entrada podía encontrarse una bifurcación que llevaba a un comedor y a una cocina muy espaciosa. Detrás de ella, dos escalones más abajo, estaba la lavandería.

El cuarto de los Reyes Magos era el más grande y contaba con un baño en su interior, para ellos solos. Es muy probable que esta fuera otra razón por la que nos hospedamos con ellos. En un lado del cuarto cabían perfectamente sus camas y, en el otro, nuestros tres catres. Caballerosamente me cedían ciertas horas del día para que yo me aseara y vistiera. Desaparecían por el tiempo que yo solicitara.

En la noche nos acostábamos y, a veces, hablábamos hasta dormirnos. Siempre tenía yo una abarcadora visión del cielo negro. Identificaba las estrellas que más brillaban y las contemplaba hasta que perdía la conciencia. En esas noches, el Macho de Monte se escabullía, la Uzi en mano. Yo no sabía hacia dónde se dirigía. No lo supe hasta el 24 de diciembre.

XVII

Luis Antonio trajo a colación, cuando nos preguntábamos por qué nos habían invadido —argumentamos causas políticas, la importancia estratégica de Noriega y los deseos de Bush de no pasar a la historia como un pusilánime—, que lo medular era la naturaleza humana. «Y, más que la naturaleza humana —dijo Luis Antonio—, la naturaleza de los hombres».

Los tres Reyes Magos, los tres, habían participado en varias revueltas nacionalistas. Yo solo disponía de algunas referencias del 9 de enero, lo que dicen todos, pero ellos contaban con la pasión por haber estado presentes. «Era un asunto de hombría», dijo Luis Antonio. «¡¿Cómo no iban a dejar que izáramos la bandera esos gringos?!». Y entonces era igual. En el fondo, ¿por qué Noriega no había dejado el país, negociado una salida decorosa, cómoda? Qué va. Anduvo por ahí blandiendo machetes.

Igual Bush. ¿Cuán difícil podía ser deshacerse de un hombre, de un generalito latinoamericano? Mejor la guerra, mejor los aviones invisibles de última generación, mejor desparramar tropas de infantería por el país.

—¡Idioteces! —dijo, de pronto, el Macho de Monte—. ¡Una sarta de idioteces!

Era la primera vez que abría la boca, la primera vez que yo le escuchaba la voz. Su tono era muy parecido al de una mujer. Jamás pensé que hablaría así. Me sorprendió. Luego se levantó y se fue. Nos reímos. Solo nos reímos. En realidad, nos burlamos.

XVIII

Al tercer día de estar en el ancianato, el 24 de diciembre de 1989, llegó la Nochebuena y las enfermeras no quisieron que pasara inadvertida. Habían conseguido unas moñas navideñas en el depósito del supermercado Riba Smith. Para llegar a él habían cruzado una ciudad desierta y hondamente desestructurada. Me contaron que la poblaban humeantes restos de basura en las avenidas principales y que, en sitios resguardados, distantes o casi secretos, las sombras delataban a personas armadas. Militares, gringos y panameños, apostados en tiendas deshechas o al pie de las ventanas de los edificios.

Además de las moñas, habían conseguido *jamonillas* enlatadas. Tenían una increíble cantidad de ellas y se dieron a la tarea de servirlas en una cacerola y acompañarlas con trozos de piña, que también sacaron de otra cantidad considerable de latas. De bebida, a falta de saril, sidra o champaña, sirvieron jugo de naranja, sacado de las últimas naranjas que quedaban en el saco de veinte libras. Si no las hubieran utilizado, se habrían podrido; durante varios días faltó la electricidad.

También tuvimos acceso a media botella de ron que había quedado en un mueble de madera que las enfermeras cerraban con llave. Aunque el licor no alcanzó para la borrachera, sí permitió animar la fiesta y dar la sensación de que era una Navidad normal.

Estuvimos sentados alrededor de la mesa desde las diez de la noche y solo entonces conocí a los cinco viejos que, además de los Reyes Magos, de Judith y de Laura, habitaban el hogar de ancianos.

Cuando nos fuimos a acostar, como ya me había acostumbrado a hacer, crucé las manos tras mi cabeza y fijé mi vista en una estrella lejana, la más luminosa de la noche.

A las doce, los tres Reyes Magos se convirtieron en locomotoras. Parecía que se les iba a salir el cerebro por las narices. Y, sin embargo, el Codepadi se durmió.

Otra vez, como a las dos de la madrugada, el Macho de Monte se levantó con la Uzi. Esta vez, después de unos segundos, lo seguí.

XIX

Se dirigió a la cocina. Me mantuve a una distancia prudencial y, como estaba descalza, me fue fácil evitar que mis pisadas provocaran algún sonido. Yo llevaba una camiseta de AC/DC y *pantys*, nada más, y es que nunca pensé que saldríamos de la propiedad. Como él llevaba su Uzi, yo me armé con mi 38.

Lo vi salir al patio por la puerta de la cocina y me apresuré para no perderlo. Pero, cuando di un paso fuera de la casa, sentí que un metal frío se clavaba en mi mejilla.

—Tranquilo, soldado, tranquilito —alcancé a decir.

Debió de tardar un segundo en darse cuenta de que yo también estaba armada.

—¿Quién eres?

—G2.

—¿G2?

—G2.

Aproveché un descuido para sacudirme su Uzi del rostro y apuntarlo con mi 38. Él volvió a apuntarme: los dos nos apuntábamos. Éramos faros que giraban y se seguían en la oscuridad.

De pronto dejó de apuntarme y se sentó en el quicio del escalón. Llevaba pantaloncillos y el torso desnudo. Además de la Uzi tenía una linterna que debió de haber permanecido escondida en el patio.

—Sigo recibiendo mensajes. Desde allá —y señaló un edificio lejano.

Me miró. Noté que se esforzaba por taladrar la oscuridad y verme.

—Las estrellas que observas en la noche pueden haber muerto. Está la luz, pero no la estrella. En las mismas estamos. Ya no tenemos país.

Poco después de que dijo eso, todo se volvió muy confuso. La enfermera apareció con un camisón para dormir tan vaporoso que, al principio, tuve la impresión de que era un fantasma. Vio la Uzi y mi 38. Se puso histérica. Gritaba, repetía una y otra vez que ella no era responsable, que ella había dicho que no quería problemas. Lincoln se nos sumó entonces e intentó protegerme. ¡Ese Lincoln! Nunca llegué a comprenderlo por completo. Para él, en esos momentos caóticos, si alguien merecía salvarse era yo, su nieta. Confiaba demasiado en la gente. ¿O era yo quien confiaba muy poco, incluso en mí misma?

Si algo quedó claro en ese instante fue que teníamos que marcharnos. El Macho de Monte era sensato; yo también. No cabíamos en el ancianato y los ancianos y las enfermeras no cabían en nuestro mundo. Recordé, como si fuera un relámpago en la noche, a John, a John Ward.

XX

Fui al departamento de una amiga. Al principio creí que se negaría a recibirme, pero me dejó entrar. Ya me había dado cuenta de que el asunto, la invasión, iba en serio.

No solo me dejó entrar en su departamento sino en su intimidad: me hizo confidencias muy delicadas. En el momento que vivíamos, en el que nadie quería decir nada de sí mismo ni confiar en nadie, no tenía por qué meterse en líos. Pero, por alguna razón, halló confianza en lo que no podía ver.

Habló. Hablamos, por horas. Estábamos en uno de esos edificios de la Vía Argentina y desde el balcón podía verse una porción de la ciudad.

Ella detestaba lo que ocurría. Le parecía una guerra sucia.

Me dijo que lo iban a refundir en un calabozo. Me dijo que le iban a levantar cargos de narcotraficante, de lavado de dinero, de enriquecimiento ilícito. Pero,

¿por cuál narcotraficante se ha invadido un país? Ya estaría el continente, incluido el mismo Estados Unidos, ocupado.

Dijo que eso del narcotráfico era un cuento para mentes débiles, que lo iban a apresar por liso y nada más.

Me dijo que no creía en las pruebas. Y siguió hablando por minutos, por horas.

Poco después me permitió hacer unas llamadas. Ella hizo otras. Conseguí visa y boleto de vuelo a México. Entre las personas a quienes llamamos hubo quien se ofreció a averiguar en qué lugar podía hospedarme.

La primera noche que pasé en ese apartamento, ambas acostadas en su cama matrimonial, pero sin poder dormir, consumí las horas buscando las estrellas que había visto en el ancianato.

XXI

Cuando dejé el país, las líneas de la mano que era podían verse con más precisión. Yo no era la misma. Mis códigos para interpretar la realidad habían cambiado. Ahora, cuando escuchaba fuegos artificiales, pensaba que un avión invisible dejaba caer sus bombas. Pero me di cuenta de que la guerra siempre había estado presente. Yo había tardado en despertar.

La invasión no fue el inicio de la violencia, sino su manifestación, ¿no crees? La habíamos sentido placenteramente por casi un siglo, mientras comíamos palomitas de maíz y bebíamos Coca-Cola. La invasión fue el rostro horrible, por fin expuesto, de toda la violencia que nos habíamos tragado. Tuvimos dos caras, y una escondía a la otra.

Si sobreviví fue porque mentí para sobrevivir. Traicioné para sobrevivir. Las mejores personas fueron torturadas hasta que dejaron de ser las mejores personas. Y a quienes soportaron los martirios les volaron la cabeza.

Si sobreviví es porque no soy de las mejores personas.

Lo único digno que me quedaba era creer en lo que se había ido. Salí a la calle pensando en el pasado.

XXII

En México aprendí que los tacos que venden en la calle son distintos a los que encuentras en restaurantes formales. Los primeros te caben en la palma de la mano y se sirven con doble tortilla. Además del cocido —pastor, sesos, lengua en salsa verde, lengua en salsa roja, bistec, criadillas (testículos de toro), chorizo o carnitas—, te dan cebolla picada y cilantro, que no es lo mismo que el culantro, aunque saben casi igual y tienen apariencia semejante.

Una vez preparados, puedes ponerles salsa verde, que tiene como base el tomate verde, o salsa roja, la cual es salvajemente más picante que la primera.

Cerca de donde viví había varios espacios en las aceras que habían sido ocupados por taqueros. Las personas que comían ahí eran, la mayoría de las veces, clientes regulares. La familiaridad llegaba a tal grado que se llamaba al taquero por su nombre. Normalmente iba a los tacos de Mariano.

Cualquiera de los puestos tenía la ventaja de que sus precios eran más baratos que los de los locales establecidos. La devaluación mexicana me había dejado cada taco a diez o quince centavos de dólar. Había noches en que me daba monumentales atracadas, aunque nunca había sido de comer mucho.

Pedía dos o tres vasos con agua de horchata. Era mi chicha favorita.

Después de comer los tacos y beber la chicha de horchata, trataba de entretenerme recorriendo las calles de Ciudad Satélite.

Mi recorrido acababa más o menos a las nueve de la noche. Mientras más tarde, mejor. Solo cuando sentía que las posibilidades estaban agotadas, regresaba al departamento.

XXIII

Solía despertar muy temprano, más temprano que lo normal. Me asomaba por la ventana e inspeccionaba los alrededores.

Estaba en Naucalpan. La calle Alberto J. Pani seguía igual. Todo igual. Nada había variado desde la noche: el mismo Volkswagen Golf estacionado donde la calle hacía curva; los mismos puestos callejeros ahora cerrados; el callejón desierto. No había señales que provocaran alarma.

El apartamento tenía dos recámaras, una cocina en la que había un *boiler* —la primera vez que lo utilicé no me atreví a encenderlo con un fósforo (en México los llaman «cerillos»), sino con una hoja de papel de periódico enrollada; el casero, quien me guiaba en la maniobra, se reía de mi temor—, la sala y un comedor. Era una distribución ideal para estudiantes universitarios, pero yo no era una estudiante universitaria.

Desayunaba un huevo frito, un pan duro de los que llaman «birote» y leche. El departamento tenía utensilios de cocina, estaba amueblado. Era de la amiga de una amiga y me lo prestaron sin dar vueltas. Habían estado en problemas parecidos y no les costó trabajo ponerse en mi lugar.

Me bañaba, me vestía y, si tenía planes, procuraba ser puntual. Me aseguraba de que muy pocas personas se dieran cuenta de cuál apartamento salía. Usaba el metro, no recurría a taxis ni me mostraba por largos minutos en una parada de autobús. Me confundía con el torrente de personas que se dirigían a sus trabajos a esa hora de la mañana.

Ciudad Satélite está a hora y media, por metro, bus y a pie, del aeropuerto. Sabía eso. También conocía los detalles para llegar a otros lugares clave.

XXIV

No había sentido tanto frío jamás. Hube de pedirle al conserje otra frazada; la ropa de cama que estaba en el apartamento no me bastó. Él volvió a reírse de mí; se rio con condescendencia y eso empeoró mi ánimo.

No me gusta el frío. El frío me deprime. Me pone nostálgica, y lo menos que necesitaba entonces era *acabangarme*.

Aun cubierta de pies a cabeza con una colcha y varias frazadas, me sentía desprotegida. Giraba y observaba desde el ventanal insomne las luces titilantes de otros ventanales insomnes y me sentía inmensamente sola.

Febrero era un témpano de hielo. Hacía poco había ido a encontrarme con un amigo. Fue un error citarlo tan temprano. Fue agradable verlo, sí, pero un error hacerlo a esa hora. El sol aún no estaba en lo alto. Dios haya amparado a quienes se levantaron a las cinco de la mañana y se formaron en filas para abordar los microbuses o el metro o caracolearon por las aceras hasta llegar a sus trabajos. Me pareció que el clima era apenas agradable para un esquimal.

Mi amigo me dijo que el país estaba tranquilizándose, pero que los gringos aún patrullaban en búsqueda de *colaboradores* de las Fuerzas de Defensa.

—Paciencia —había dicho el amigo.

Paciencia.

Pero cada vez me parecía más difícil ser paciente.

XXV

Para mantenerme ocupada, apliqué para trabajar en una tienda de departamentos. A mi amigo le pareció bien y parte de mis papeles estaba en orden, así que no tuve empacho.

Me invitaron a pasar a una sala pequeña y, como a las demás aspirantes, me sugirieron poner el abrigo en una percha. Las tres o cuatro chicas que estaban conmigo, mucho menores en edad, muy orondas ellas, se despojaron de sus chamarras y *jaquets*. Yo quise hacer lo mismo para no desentonar, para no ser menos, pero no pude. Llevaba apenas una sudadera y, en cuanto sentí el abrazo del frío, volví a embutirme en ella. Llené la solicitud con la sudadera puesta y me entrevistaron con ella.

Quizá no fue el frío. Pudo ser otra la causa de esa sensación de desamparo. Tal vez no fue solo el frío. Era algún tipo de nostalgia. Me asaltaba una sensación contradictoria: quería volver a mi país, pero no sabía a qué volvería.

Nunca me dieron el trabajo.

XXVI

Cuando formas una pareja, pones la vida en sus manos. El amor es una preparación para la muerte del cuerpo. Eso llegué a creer.

Cuando era niña me gustaba el Hombre Nuclear. ¡Cómo me gustaba! Steve Austin, el actor Lee Majors. Su ojo con visión láser parecía un trozo de botella azul. Steve Austin, y Lee Majors, por supuesto, eran rubios. Eso lo supe después, porque al principio el televisor en el que veía el programa era en blanco y negro. Después me resultó casi alegre que un hombre rubio diera saltos descomunales en la pantalla. O golpeara con fuerza biónica a un malhechor. Eso fue en los setenta. El hombre de los seis millones de dólares, reconstruido después de un accidente, se convertía en un héroe de la justicia. Era como si la ciencia lo pudiera todo; como si, gracias a la inteligencia humana, nada pudiera vencernos nunca.

Otro que me atrajo siempre, por razones cándidas o macabras, no sé, fue Ken, el esposo de *la* Barbie. Siempre bien peinadito y sonriente. En cierto modo, confiable. Seguro. Siempre ahí, como esperando a su bien amada Barbie. Era un hombre que podías manejar.

Cuando conocí a John Ward, aunque suene ridículo, pensé en ellos: en Lee Majors y en Ken.

XXVII

Pero el meollo del asunto fue María Inmaculada. Todo comenzó, realmente, con ella. Esta es la verdadera explicación que te debo, cieguita, si cabe una explicación.

Recuerdo que tenía una apariencia increíble. Era una Elvis Presley con toque interiorano. Un rostro anguloso, su cabello desvanecido en la nuca y florecido en lo más alto de la cabeza y, lo más extraño, sus botas vaqueras. Era como si se mezclaran varias imágenes de la televisión en una sola. Había algo de propaganda de Marlboro en María Inmaculada, algo de música de los cincuenta. Lo único que podía justificarla, y solo un poco, era la influencia de los *zonian*.

Nos conocimos en el Café Pepsi-Cola. Me gustaba ir ahí, después de la universidad, para leer y ver gente. Aquella vez había saludado a Juan Carlos Martínez y a Estela Núñez, pero me había quedado sola, leyendo. Llevaba *Gamboa Road Gang* en la mano.

María Inmaculada me cayó bien porque a cualquiera le gusta que lo traten bien. Pidió permiso para sentarse, ofreció invitarme un café.

Al principio me pareció una chica desorientada, alguien que intenta ser quien no es. Pero casi de inmediato me di cuenta de que tenía la cabeza en su sitio. Se sentó con las piernas muy abiertas y dijo:

—El problema de los gringos, de los gringos-gringos, es que no saben cómo comportarse con una dama. Y esto es algo grave. Para ellos, claro, no para nosotras. Es grave porque sus malas costumbres los hacen débiles.

Asentí creyendo que asistía a otro discurso sobre la liberación nacional, ahora con un toque feminista.

—Mira, a los soldados estadounidenses los rotan cada dos años. Llegan solitos, sin un alma caritativa que los atienda, faltos de mujer. Y acá, a veces, se encuentran con una familia que los acoge. O una novia que los mima, que no deja que se aburran. Si no fueran maleducados, se correría el peligro de enamorarse, pero se debilitan al no saber tratar a una mujer. Ese es el meollo del asunto.

Me mantuve en silencio.

—Por cierto, mi nombre es María Inmaculada, pero puedes llamarme Mary. ¿Y tú?

Y le di mi nombre. Estaba a punto de decirle dónde estudiaba cuando me interrumpió.

—La Universidad de Panamá. Filosofía. ¿Cierto?

—Ajá.

—¿*Gamboa Road Gang?* —preguntó, señalando el libro.

—Los forzados de Gamboa —corregí, creyendo que ese alarde de nacionalismo la deslumbraría.

—Siempre estoy por aquí —dijo mientras se levantaba, ya casi alejándose—. Disfruta el café y piensa en lo que te dije.

¿Qué había dicho? ¿En qué debía pensar?

Se fue, taconeando con sus botas vaqueras, agitando su copete de Elvis Presley. Ella es la explicación que te debo.

XXVIII

Recuerdo con claridad cuando estuve en un café de la vía Argentina con María Inmaculada. Ella había encrespado, quizá para la ocasión, su copete rocanrolero. Eso la hacía resaltar entre los presentes. Gracias a Dios, no llevaba sus botas vaqueras. Habría sido el colmo. Fumaba cigarrillos Kool, bebíamos cervezas Budweiser. Nada habría escapado de la normalidad si no hubiera aparecido Gloria Enloscielos Rudas.

Gloria Enloscielos Rudas era una mujer de mediana edad, puertorriqueña, que tenía el rango de cabo en el Comando Sur. María Inmaculada la conocía desde antes; yo no. Yo no sabía, por ejemplo, que estaba ante una anticomunista pasional y muy bien documentada. Cuando surgió el tema de la revolución, fue como si le hubieran pisado el dedo gordo del pie. Dijo:

—Mira, el tema del marxismo, en un libro o resumido en un folleto, es lindísimo, niña. Inmejorable.

Pero llévalo a la práctica y ya verás. No hay incentivos y entonces no hay progreso. Y sin progreso no hay vida. ¿Para qué trabajar si al que no trabaja se lo mide igual? Y si no se trabaja, no se vive de verdad. Se vegeta. Además, no te dejan decidir, ¿ah? El Estado es el que te dice lo que tienes que hacer. Así que qué revolución ni qué revolución. Ustedes, con lo que les gusta la buena vida, no aguantarían una revolución de verdad. Y a mí no me gusta que me digan lo que tengo que hacer, así que basta de argumentaciones.

Tanto María Inmaculada como yo estuvimos de acuerdo con ella. La actitud resuelta de Gloria Enloscielos no daba espacio para otra opinión.

—¡Dios nos salve del comunismo, niña! ¡Dios nos salve! —exclamó, como si fuera un chiste.

Finalmente se fue. Y María Inmaculada susurró:

—Gringa de mierda.

XXIX

Debió de haber sido en el 82 o en el 83, porque yo cursaba los últimos semestres de la carrera universitaria. María Inmaculada me había invitado a una fiesta y yo había aceptado la invitación.

En la fiesta había muchos militares estadounidenses.

Entrada la noche, tras las hojas de una palma enana, me besé con el cabo George Patterson. Fue algo más que besarnos. *Arropamos*, diría María Inmaculada sin dar vueltas.

Al principio sí fue un beso, pero el beso se hizo hondo y tropecé y me caí.

Cerré los ojos; nadé, nadé a ciegas.

No soy una mala mujer, cieguita. Igual que George Patterson, habría podido ser otro. No hubo una cara en particular. Hubo un instante particular.

Pero, si alguien me preguntaba, le decía que todos íbamos a morir y que solo nos quedaba eso: lo gozado. Pero no era cierto, no era eso lo que pensaba.

Para mí no existían los hombres: me besaba a mí misma.

María Inmaculada había conquistado a un gringo y yo no podía quedarme atrás, con los brazos cruzados.

Después supe que John Ward me había visto. Pasó, al principio, sin verme. De inmediato volvió sobre sus pasos y se dio cuenta de que había una pareja ahí, George y yo, trenzados. Le gusté. Envidió a George Patterson. Me lo dijo después de varias semanas, cuando fue agradable y cálido conmigo.

XXX

No sé si el consejo nació de María Inmaculada; ella me lo dijo. Me aseguró que las personas aprenden a mentir cuando pueden confesar, sin reparos, lo que les avergüenza o duele.

—Es importante que sepamos mentir —aseguró.

Y comenzamos a practicar.

Acordamos que ella diría algo íntimo, muy íntimo, algo que no le hubiera dicho a nadie. Algo que le causara muchísima vergüenza. Y que yo juzgaría si lo había confesado sin alterarse. Por supuesto, después me tocaría a mí.

—Yo maté al hombre que más quería —dijo ella.

—¿En serio?

—Por mi madre —exclamó y bajó la mirada.

Al principio no le creí. Pero después, muchos meses después, comprendí que era fácil que hubiera ocurrido.

XXXI

Esto no me lo dijo nadie: lo aprendí sola.

La primera vez que te acercas a cualquiera determina el resto de la relación.

Hay un campo de fuerza alrededor de los seres humanos. Ese campo se desactiva cuando intentamos conocer a alguien nuevo. Es nuestro momento de mayor fragilidad. En ese instante puedes meterte hasta el tuétano de la otra persona, hasta el corazón. No hay segundas oportunidades.

La persona camina hacia ti, o tú hacia ella, y el rechazo pende como una espada sobre sus cabezas.

Cuando vi a John acercarse en la fiesta de aquel día, esa que brindaba María Inmaculada en una casa de El Chorrillo, temeroso él, bajé las defensas a cero para no correr el más mínimo riesgo de lastimarlo.

En cuanto me lo preguntó, le dije mi nombre. Sonreí tímidamente. John Ward era el soldado que más arreos de combate necesitaba. Siempre fue más débil que yo.

María Inmaculada ya estaba prendada de su gringo y el Hombre Nuclear se hallaba sin protección. ¿Qué más podíamos pedir?

Me invitó a bailar *Hard to Say I'm Sorry*, de Chicago. Una profecía. Me parece estar viéndonos. Cuando se pegó a mí, poco faltó para que se me saliera un latido por la boca. De habérseme salido, se lo habría regalado para que él tuviera uno más. Le habría dicho que se lo comiera con *ketchup*.

Pero mantuve la calma, recordé lo que tenía que recordar. Cuando me sugirió ir a otro lugar, sonreí de nuevo.

Días después fuimos a un concierto, en nuestra primera cita formal.

XXXII

El concierto era como una escena de *La guerra de las galaxias*. Me hice consciente, de golpe, de lo mestizos que somos. Redondos, delgados, alargados, chiquitos. La piel, ¡cuánta piel! ¡Y esa costumbre de teñirse el cabello! Negros rubios te señalaban con los labios. El mismísimo Yoda estaba presente. También Chewbacca y Greedo. Y la música era de bar intergaláctico: percusiones, metales, teclas.

Una orquesta nacional desplegaba el repertorio de la Fania All-Stars: Rubén Blades, Willie Colón, Héctor Lavoe.

XXXIII

Yo solía ir a las bases estadounidenses. Cuando comencé a tener una relación con John Ward, fui sobre todo a la de Clayton. Casualidades del destino, siempre me encontraba con Susan White, la esposa del capitán Peter White.

Yo sabía quién era Susan porque John y otros amigos me lo habían dicho y John, varias veces, nos había presentado formalmente. Pero ella siempre me miraba de arriba a abajo.

Una vez, lo recuerdo como si acabara de ocurrir, me dijo:

—*Are you visiting John again?*

O sea, que si estaba visitando otra vez a John. ¿Y ella quién se había creído? Su sonrisa era contradictoria porque, en el fondo, sus palabras no eran amables.

En ese momento no le contesté nada. Luego me percaté de lo insistente que había sido Susan con sus desprecios. Y me prometí que un día, un día muy próximo, me convertiría en la señora Ward.

XXXIV

En las bases estadounidenses uno se sentía bien. Era como si te hubieras dormido y soñaras.

Visité, en algún momento, cada una de ellas. Trabajaba como instructora de karate para mujeres. Era mi disfraz.

Las bases del Pacífico, Clayton, la base aérea de Albrook y las del extremo Atlántico, Fuerte Gulick, Fuerte Davis; en cualquiera de ellas se vivía mejor que en el resto del país.

Estaban los comisariatos y los PX *(Pro Exchangement)* que vendían muy baratas las galletas de jengibre, cervezas, leche, Cracker Jack, Coca-Cola. Algunos contrabandeaban y ganaban abundantes dólares. Buena vida.

XXXV

Tras la casa dúplex en la que viví con John Ward se levantaban unos pocos árboles y palmeras. Nada frondoso. Cuando digo unos pocos, son unos pocos. Dos solitarias palmeras y un único árbol de mango. Los frecuentaban osos perezosos. Más allá, la jungla.

Cuando construyeron el residencial se deshicieron de la naturaleza tupida. La calle llevaba a la Zona del Canal.

Una mañana, el patio trasero tenía un tono dorado, como si alguien hubiera derramado incontables y diminutas pepitas de oro. Era tan brillante que apenas salí a colgar la ropa, me distraje con el resplandor.

Colgué la ropa que llevaba en *tamuga*. La crucé en los alambres que se balanceaban entre las dos tés metálicas. Bajo las tés estaba el único piso de cemento del patio. El resto era pura hierba silvestre.

Cuando giré sobre la punta de mis pies para regresar a casa, escuché un llamado casi secreto:

—Psst…

Volteé, pero no había nadie.

—¡Pssssst…!

Volví a mirar y esta vez elevé los ojos hasta la copa de una palmera. Un hombre semidesnudo se prensaba, con brazos y piernas, a la melena del árbol.

—¡Dios mío! —exclamé, mientras me llevaba una mano al pecho.

—¡Oye —gritó él—, estoy en misión secreta! ¡Soy un colaborador del máximo comandante, Manuel Antonio Noriega, y desde estas alturas hago guardia para que aviones enemigos no nos sorprendan y bombardeen!

—¡Loco del carajo! —grité, aún asustada, y me refugié en la casa.

Quién iba a pensar que aquel lunático estaba viendo el futuro.

XXXVI

El programa televisivo *Todo por la patria* comenzaba con un desfile militar y las notas de la marcha *Panamá*. Aparecían los toques de una corneta y, de inmediato, el coro patriótico. La cámara de video estaba puesta de una manera que las botas aparecían enormes y desaparecían casi de inmediato. Se iban y eran reemplazadas por otras botas enormes, negras y verde oliva. El desfile avanzaba.

«Colonia americana, no. Es nuestro el Canal; no somos ni seremos de ninguna otra nación...».

La cantinela acababa yéndose como un vehículo que se aleja. Y, en formato de noticia, se abría un recuadro en el que un presentador trajeado, con solapa ancha y el cabello como una lengua que descansa a la derecha, sonreía con breve relámpago, como quien guiña un ojo, y luego se quedaba inexpresivo.

Para ese tipo de presentadores, la seriedad era credibilidad. Sería inadecuado que alguien diera las noticias, economía y violencia en barrios marginales, entre carcajadas.

Ahora el presentador aseguraba que varias unidades de las Fuerzas de Defensa habían realizado ejercicios de supervivencia en la jungla. Las imágenes posteriores nos revelaban que todo había salido bien, que nuestras fuerzas armadas estaban en las mejores condiciones físicas y mentales.

Y yo me preguntaba, ante todo esto: «¿De quiénes eran las voces que entonaban la marcha *Panamá*? ¿La Guardia Nacional había seleccionado a un grupo de cadetes cantores? ¿Eran ellos quienes lograban que la entonación de las estrofas se entrelazara en una sola voz?».

No sabía si había sido planeado con detalle de antemano, pero el resultado era convincente. Nadie les creería el patriotismo si el coro tuviera menor calidad. En ocasiones me pareció que esa era la causa por la que la marcha *Panamá* dejaba ecos en las esquinas de las mentes.

XXXVII

Noriega sabía que cada dos años rotaban a los soldados gringos. Noriega requería información, sobre todo información, de estos soldados. Fue el tiempo de los sargentos cantores, *the singing sergeants*, quienes delataron los planes del Comando Sur. Es curioso cómo el argumento del antiimperialismo gana simpatizantes siempre. Con muy pocas palabras se podía demostrar que había un bando más inocente y débil que el otro.

No supe cuándo ocurrió, pero abracé la causa con fervor, no puedo negarlo. María Inmaculada tejió un hilo más en la red. No era nada nuevo. Lo hacía regularmente. Esta vez el nuevo hilo era una estudiante universitaria, de izquierdas, que acabó enamorándose de un soldado estadounidense en quien veía al Ken de la Barbie o al Hombre Biónico.

La misión de John Ward, en vísperas de la invasión, fue frustrada. Esa fue la palabra que utilizaron:

frustrada. No volví a verlo. Y tuve que huir en diciembre para no ser apresada.

Esa es mi historia, cieguita.

Tal vez sea, en esencia, la de todas las mujeres.

XXXVIII

Entraron la enfermera y Cristiana, el recipiente metálico colgado de sus cuatro brazos, el agua tremolando en su interior. Lo pusieron a los pies de la cieguita.

La enfermera la descalzó. Las pantuflas quedaron flanqueando la palangana y la cieguita metió la punta de sus pies en el agua.

—¡Me la trajeron caliente!

—Ya está entibiándose, señora, espere un poco.

Y esperó. Esperó con nosotras viéndola. Esperó.

Y fue entonces cuando metió los pies en la palangana. No emitió nuevas quejas.

—¿Verdad que la señora es muy especial? —preguntó la enfermera, de pronto, como si hubiera visto algo innegable pero difícil de evidenciar con pruebas tangibles.

XXXIX

—¿Has recordado algo? —le pregunté a Cristiana.

—Sí, pero podría ser mi imaginación.

—¿Estás segura de que no son recuerdos?

—No.

—¿Saben que ahorita se me ocurrió —intervino la cieguita— que no hay ninguna diferencia?

3

I

No me acuerdo de otros días, pero sí del 27 de octubre. Fue la última vez que estuve con mi papá.

Caía un *palo de agua* y en Estéreo Universidad sonaba una tonada de Mendelssohn para cuarteto de cuerdas. A él le encantaba Mendelssohn. Estábamos jugando cartas en el comedor. Veintiuno, específicamente. Y mi padre estaba distraído, su cabeza se había ido a otro mundo, se notaba. Entonces no tenía la menor idea del porqué y ahora solo me lo imagino. La situación me causaba gran ansiedad. No tolero los secretos y el despiste de mi padre, sin duda, era un secreto.

Comencé a desear que él volviera a la normalidad. Lo ansié con todo mi corazón.

—Te toca —le dije. Él llevaba algunos segundos sin dar muestras de vida; no jugaba.

No reaccionó cuando le hablé. Había levantado la mirada de la mesa y tenía una expresión lejana. «Se ha ido con Mendelssohn», pensé. Y no estaba equivocada. Cuando abrió la boca fue para decirlo:

—Es como viajar en una carroza. Uno podría sentir que va en una carroza a toda velocidad, ¿cierto?

Era una melodía *andante*, quizás un *allegro*. Pero yo no estaba interesada en lo que ocurría en la mente de mi padre. Solo quería acallarla. Nunca pasaba nada extraordinario en la mente de mi padre y así debían seguir las cosas. Siempre fue un hombre equilibrado, así que me reí para restarle importancia al asunto.

—Te toca —dije otra vez.

—Es como un viaje, ¿cierto? —entonces me habló directamente.

—¡Papá, te toca!

Al principio se sobresaltó, como si lo hubiera hamaqueado mientras dormía. Despertó abruptamente. Me miró un instante y luego se ocupó de pensar su jugada.

Ahora solo puedo suponer qué le distraía en ese momento.

II

El juego de sala que está en casa de mi madre es de caoba. Lo sé porque mi padre lo decía continuamente, antes de desaparecer. A mi madre parecía no importarle el tipo de madera. Ella siempre ha sido una mujer que flota, y las mujeres que flotan no necesitan muebles. Ni siquiera necesitan la realidad. Por eso nada ni nadie le roba la calma; ni siquiera el duendecillo azul que se llevó a su hija.

Pero a mí me agradaba el juego de sala y me agradaba que fuera de caoba. Los respaldares se curvaban hasta coronar los sillones. Lo mismo ocurría con el sofá. La tapicería era una lluvia de flores sobre un fondo que podría ser el cielo de un día soleado. La mesa del centro era recia y similar al tobillo de un elefante. Un par de mesillas se apropiaban de los ángulos.

Aun cuando estaba sola, me gustaba sentarme en la sala, en el sillón o en el sofá. Podía colgar los brazos de los arcos en los que culminaban los muebles. Me relajaba. Y entonces, aunque suene increíble, se aclaraba lo que tenía en la cabeza.

Cuando nos visitaba alguna tía, me *achantaba* en medio de la reunión y no había mirada que me turbara. Metía mi cuchara impertinentemente y me enteraba de los *bochinches* más interesantes.

III

Los domingos acostumbraba ser muy perezosa. Por lo general no salía de casa hasta entrada la tarde y dejaba que mamá se encargara por completo de las labores del hogar.

Mi padre también era muy pasivo en esos días: solo leía el periódico y miraba la televisión. Yo también veía la televisión: los noticieros del Southern Command Network, cuando podía, y mi acostumbrado programa dominical, *Todo por la patria*.

Ambos programas estaban colmados de verde oliva. Me espantaba que dieran las noticias hombres y mujeres vestidos con ropa de camuflaje. «¿Para qué?», me preguntaba. ¿Por qué querría alguien confundirse con la selva mientras aparece en cadena nacional?

Apenas terminaba de desayunar, me acomodaba frente al televisor y lo prendía.

Recuerdo algunos de los temas presentados en *Todo por la patria*, como los que hablaban de las obras humanitarias; por ejemplo, de la asistencia a los indígenas de un lugar recóndito, la construcción de puentes o caminos de acceso para comunidades. Sin embargo, mis preferidos eran los que explicaban lo importante que era el puñal de supervivencia para un comando o que jamás de los jamases un miembro de la Guardia Nacional debía abandonar a un compañero herido. Aparecía la soldadesca en plenos ejercicios en la jungla y gritaba al final, una vez que completaban la asignación, «¡Patria!», o «¡Todo por la patria!».

A veces imagino que vuelvo a casa y mi padre aún está allí.

IV

Cuando conocí a Cristiana, ella venía de la parte más concurrida de la estación de autobuses, la que entronca con el centro comercial y sus primeros pasillos con enormes figuras de animales.

Ahora que lo recuerdo, sé que me pareció atractiva. No de un modo trivial: nadie podría decir que la belleza de Cristiana es de las usuales. Más bien, brillaba. No era una chiquilla; se notaba que había entrado en sus sesenta, pero en su rostro regordete no había arrugas. La vi sonreír de manera diferente, sin abrir la boca. Sonreía sin sonreír. Sonreía porque su alegría interior la rebasaba.

Acababa de subir por las escaleras con el gentío y tomó el pasillo que lleva a la salida de la terminal, o sea que marchaba en mi dirección. Mi banca estaba a unos metros de la escalera. Noté que avanzaba con paso seguro, confiada. Se acomodó a mi lado, aunque casi me doblaba la edad y no había sido invitada. Ni siquiera con un gesto la invité.

V

Después de hablar con la cieguita, Cristiana y yo amanecimos en una habitación de hotel. No lo habría querido así, pero las circunstancias me orillaron. Había pasado mucho por mi cabeza y mi respuesta fue dejarme llevar.

El cuarto estaba limpio. El hotel era pequeño, de esos que el centro de la ciudad resguarda. Una peinadora de madera al frente. Dos mesitas de noche, como inmóviles gendarmes, a ambos lados de una cama matrimonial.

Había un gran espejo sobre la peinadora, un espejo en el que se reflejó el cuerpo desnudo de Cristiana, el cuerpo regordete que se entrelazó con el mío por horas.

El cuerpo de Cristiana era como el de un enorme bebé. Tenía pocas arrugas y olía a lo que debe de oler la placenta.

Fue muy delicada, muy gentil. Continuamente me preguntaba cómo estaba. Cuando me acariciaba, lo hacía despacio, nunca con apuro. Pero no parecía que fuera por gran experiencia: creo que la movía el simple cariño. De verdad daba la impresión de que se preocupaba por mí. Jamás hubiera podido preverlo.

Luego me dijo que yo era de las que se mantenían a raya. En la estación, donde nos conocimos (le había llamado la atención que observaba y escribía en mi libreta), me mantenía casi siempre a raya.

—Solo te ocupas en observar —dijo, con el dedo índice cruzando sus labios—. Pero, aunque te duela saberlo, estás entre los pliegues de lo que inventas. Eres un reflejo. Cuando defines a los otros, hablas de ti.

VI

En la mañana estábamos abrazadas y disminuidas. El tiempo parecía haberse detenido. Las frazadas color crema y las sábanas blancas nos envolvían. Recuerdo que el tobillo regordete de Cristiana era lo único que superaba el mar de edredones. Estaba dormida y no había visos de que pudiera despertar.

Prendí el televisor. El primer canal que encontré fue el de la Televisora Nacional. Las imágenes recordaban los preparativos de la entrega del Canal. Se hablaba de Mireya Moscoso, quien encabezaba el Partido Panameñista (fundado sobre el pensamiento de Arnulfo Arias), de Jimmy Carter, de Alemán Zubieta. Los diálogos se intercalaban con expresiones de alegría. La emoción era contagiosa. *Alcanzamos por fin la victoria.*[1]

Cuando Cristiana despertó nos dirigimos a una cafetería de la Avenida Cuba. Cristiana pidió un sándwich

[1] Frase del Himno Nacional de Panamá.

cubano y limonada; yo, huevos revueltos con jamón y una chicha de *tutti fruti*. Después tuve que ayudarla a acabar con su desayuno y me comí un cuarto del emparedado.

Frente a nosotras circulaban los automóviles. La cafetería era un balcón que estaba al descubierto. Vivíamos el espejismo de los enamorados recientes. Se podía decir, sí, que estábamos enamoradas. Reíamos. Nos tocábamos las manos. Nos dimos besos leves, como insectos que se posan en flores.

Unos chicos, sentados en una de las mesas del local, comenzaron a cuchichear entre ellos y a reírse. Una familia que cruzaba la acera aumentó el paso para alejarse de nosotras. Un hombre nos miró fijamente durante varios segundos.

Pero nos dimos fuerzas mutuamente.

Cristiana se despegó de mí hasta que el respaldar de la silla la contuvo.

—Necesito una historia —aseguró.

—¿De cualquier mujer? —le pregunté.

—Bueno, no. No de cualquier mujer. Es mi historia. Necesito que inventes quién soy.

Y acarició mi mejilla con ternura antes de confesarme:

—Niña, corazón, mis recuerdos están volviendo.